Casterman
Cantersteen 47
1000 Bruxelles

www.casterman.com

Publié au Québec par Comme des géants sous le titre : *Lucie et cie*.
© Marianne Dubuc 2015 pour le texte et les illustrations.

ISBN : 978-2-203-11660-3
N° édition : L.10EJDN001657.C002

© Casterman 2017 pour la présente édition

Achevé d'imprimer en août 2017 en Slovénie.
Dépôt légal : mars 2017 ; D.2017/0053/68
Déposé au Ministère de la Justice, Paris.
(loi n°49.956 du 16 juillet 1949 sur les publications destinées à la jeunesse.)

Tous droits réservés pour tout pays.
Il est strictement interdit, sauf accord préalable et écrit de l'éditeur, de reproduire
(notamment par photocopie et numérisation) partiellement ou totalement
le présent ouvrage, de le stocker dans une banque de données ou de le
communiquer au public, sous quelque forme ou de quelque manière que ce soit.

marianne dubuc

Lucie
et
ses amis

casterman

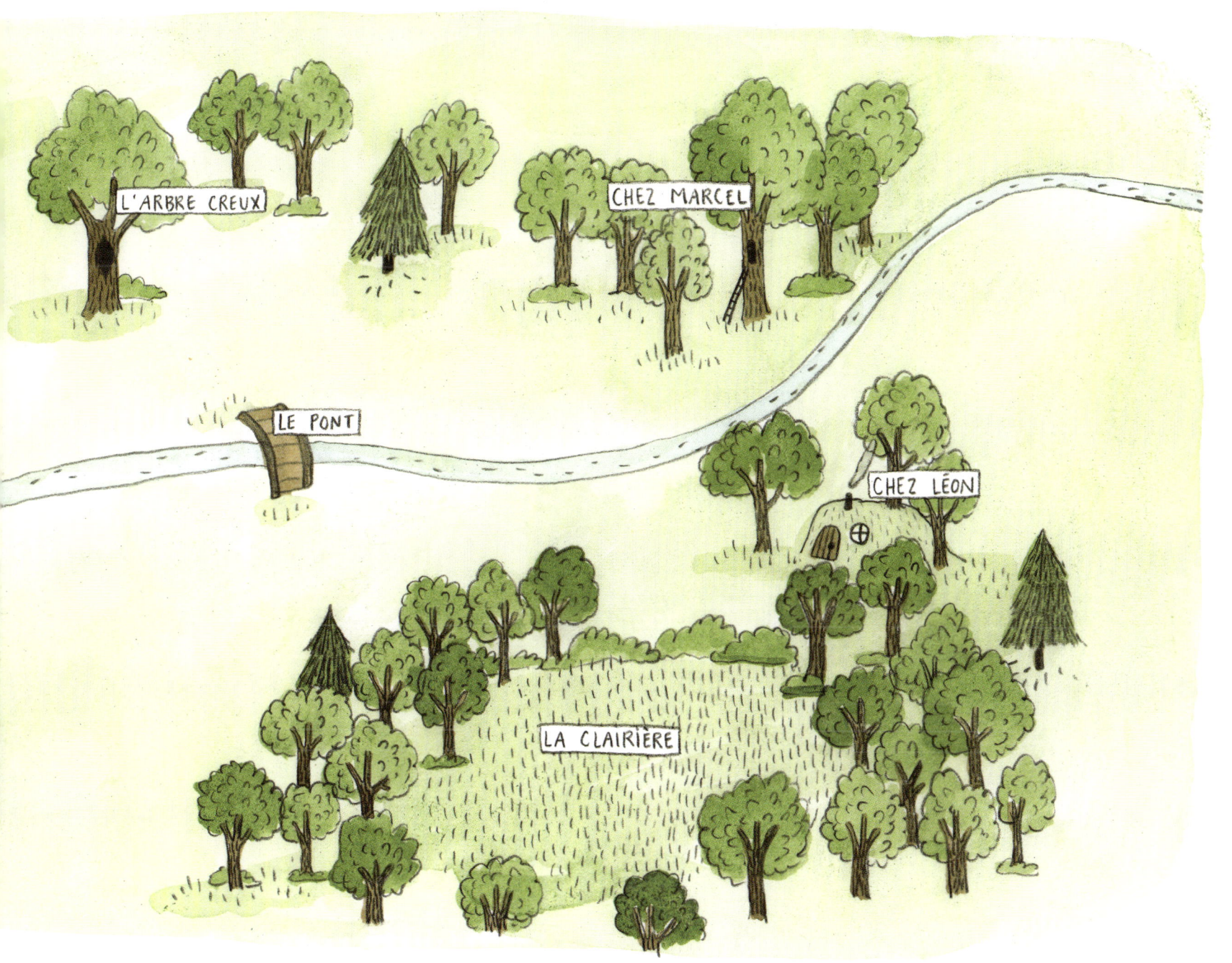

Le casse-croûte

Lucie cherche le meilleur endroit
pour casser la croûte.

Cette branche est parfaite.
« La vue est magnifique », se dit Lucie.

Tiens, c'est Marcel.
« Je peux m'asseoir avec toi ? »

Lucie défait son baluchon. « Mmmm... des gâteaux à la fraise. »
Marcel, lui, n'a qu'un sandwich à la laitue.

« Oh ! C'est Léon ! »
Lucie et Marcel l'invitent sur leur branche.

« J'ai des noisettes. Vous en voulez ? »

« Hé ! Doris ! Viens avec nous ! »
disent les trois amis du haut de leur branche.

« J'ai perdu mon goûter en traversant le pont. Il est tombé dans la rivière… » explique la pauvre Doris.

Lucie offre un gâteau à Doris,
et Léon lui donne quelques noisettes.
Casser la croûte entre amis,
c'est vraiment le bonheur !

Soudain, l'une des noisettes de Léon s'écrie :
« NON ! Ne me mangez paaaaaaas ! »

Ce n'est pas une noisette ! « Qu'est-ce que c'est ? » demande Marcel.
« Il est mignon », dit Lucie.

« Je m'appelle Adrien et j'ai FAIM ! » s'exclame la noisette
qui est en réalité un escargot.

Mais il n'y a plus rien à manger. « Tout est tombé... » soupirent Lucie, Doris et Léon.
« Tout, sauf mon sandwich à la laitue ! » dit Marcel.

Casser la croûte avec un nouvel ami,
c'est vraiment le bonheur !

La chasse au trésor

Lucie a trouvé une carte au trésor.

« Eh ! C'est Lucie ! » dit Léon.

« Qu'est-ce que tu fais ? » demandent les autres.

« Je cherche le trésor qui est enfoui sous la grosse croix rouge, là.
Selon la carte, je dois marcher en direction de l'arbre creux. »

« Attends-nous, Lucie ! On vient avec toi ! » s'écrient les quatre amis, en abandonnant leur jeu.

Une fois à l'étang, il faut faire cinq pas vers la gauche.

« Des pas de Léon ou des pas de Marcel ? » demande Adrien,
qui ne fait pas de pas.

Ils font des pas de Doris, ni trop grands ni trop petits.

1... 2... 3... 4...

... 5 ! Ensuite, il faut traverser le pont.

« Selon la carte, le trésor se trouve derrière ce rocher », dit Lucie.
« Oh ! Ce n'est pas du tout un rocher ! » s'exclame Marcel.

C'est Antoine ! Et Antoine, il ne faut surtout pas le déranger.

« Pardon, monsieur l'ours », bredouille Lucie.

Ouf ! Les amis l'ont échappé belle. « Il est ici, ton rocher, Lucie ! » dit Marcel. Cette fois, c'est bien de la vraie pierre.

Maintenant, il faut creuser.
« À toi l'honneur, Léon ! »

Léon creuse, creuse, creuse.
« Tu vois quelque chose ? »

Et Léon découvre… un cadeau ! « SUUURPRIIIIISE ! » crient Lucie, Doris, Marcel et Adrien. Aujourd'hui, c'est l'anniversaire de Léon.

« Un trésor pour mon anniversaire !
Merci, les amis ! » dit Léon.

Les bébés

Adrien a trouvé trois gros œufs.

« Ils sont à toi ? » demande Lucie.
« Oh non ! Les œufs d'escargot ne sont pas si gros. »

Adrien essaie de couver, mais il y a quelque chose qui cloche.

« Fais-le, toi ! » dit Adrien.
Lucie essaie, elle aussi.

« AÏE! » sursaute Lucie.
Quelque chose lui a piqué le derrière.

Trois petits oiseaux pointent le bec.
« MAMAN ! » s'écrient-ils en voyant Adrien.

« Ces oisillons te prennent pour leur maman. »

À compter de cet instant, les petits oiseaux suivent Adrien partout.

Mais un jour...
« ATCHOUM ! » fait l'un des bébés.

« Adrien, tes petits ont besoin d'une maman
pour les tenir au chaud. »

Lucie et les autres font le tour de la forêt à la recherche d'un coin douillet.

Au bout d'un moment, ils trouvent.

« Voici une belle mousse bien chaude pour tes petits, Adrien ! »

« QUI ose me réveiller ? » gronde une voix.

Oh non ! C'est Antoine !

« PAPA ! » piaillent les oisillons.
Antoine est si ému qu'il arrête de grogner.

Chut ! Il ne faut pas faire de bruit.
Les petits sont bien au chaud. Bonne nuit !